Sexy Short Stories

Ai Hibiki

1

Sexy Short Stories

Sexy Short Stories

Inhalt

Jetzt kannst du noch aufhören.

Willst du das wirklich?

A...

Auf keinen Fall ...!

BADUM

BADUM

FWHUMP

Du bluffst doch nur ...

Dass ich mit meinem Schwarm Hayato ...

... ein- mal so etwas tun würde ...

He he ...

Kyaah!!

Aki!

Haya-to! Was machst du?

Dann mach ich das.

Hey!

JAWOHL

Ganz ent-schie-den

Auf keinen Fall.

Wieso nicht?!

Ich war schließlich lange im Theater-klub!

Schau dir das an!

Skript

FLAPP

Die Mitschüle-rin, die in meinem nächsten Kurzfilm mitspielen sollte, wurde plötzlich ins Krankenhaus eingeliefert ...

Jetzt brauche ich dringend Ersatz.

Dann mach ich es erst recht!!

Hä?

He he

BADUM

Ich wuss-te gar nicht, dass du so sexy bist!!

Denn das ist ... eine einmalige Chance!!

Viele erotische Szenen

BADUM

Skript

Nein, auf keinen Fall!! Ich werde dich sicherlich nicht ...

Ich ver-wende weder das Gesicht noch die Stim-me der Schau-spielerin. Es soll wie ein Musikvideo werden.

Das wäre ziem-lich hart für dich! Es tritt fast nur eine Schauspielerin auf und das Thema ist »Sinnlichkeit«.

Neuland.

PUH

Mann. Du hörst einfach nicht zu ...

Aber!

Hey!!!

Das wurde aber auch Zeit!

KLATTER

Oho!

Hört mal!

Hayato wird mich in seinem nächsten Werk ab- lichten!!

Für eine **Jungfrau** wie dich, Aki, wird das bestimmt schwer.

Pass du bes- ser auf!

Vielleicht werde ich sogar einen **keuschen Kerl** wie dich damit erregen.

Mir egal, wenn du es dann bereust.

GRRRR

Und so ...

... kam es zur jetzigen Situation ...
Ich habe zwar zugesagt ... aber vor dem Moralapostel Hayato ein sexy Schauspiel zu veranstalten ...
Wie soll ich das bloß anstellen ...?
Dann ...
... werde ich dich mal der Szene angemessen drapieren.
?
J... Ja.
So wie »nach einer Affäre«.
BLUSH
!!
Was?
Du bist ja jetzt schon rot im Gesicht.
D...
Das gehört alles zur Rolle!!

PLOPP

RASCHEL

Aaah!!!

Dann ist ja gut. Aber wenn es dir zu viel ist, solltest du jetzt aufgeben.

Auch wenn er ...

... nur wegen seiner Arbeit so grob ist ...

... ist es doch etwas angsteinflößend!!

Auf eine gute Art und Weise.

Ja ... Das ergibt ...

... ein sehr lasziwes Bild.

Außerdem ist da ziemlich viel zu sehen!!

BLICK

Des erotische Geheimnis nach Schulschluss

BAM

Sexy Posen

Sinnliche Oberschülerinnen

Auf der Suche nach sinnlichen Bildern

Ich habe mir einiges angeschaut und mehr über die erotische Liebe gelernt!!

Was soll das?

Ich möchte auch um deinetwillen ...

... so gute Arbeit wie du abliefern!

Und um mir das zu sagen, hast du das mitgebracht ...?

Igitt!

TUSCHEL TUSCHEL

Du bist mir wirklich eine ...

...

TADAH

Ich bin ein Junge. Ich sehe täglich genug davon.

Wenn du möchtest, leihe ich sie dir zur Recherche. ♪

Heute filmen wir ...

... eine Szene, in der »die vom Mann versklavte Hauptdarstellerin ihn begehrt«.

WOOSH だ!!

... und ...

Hä?!

SCHRECK

Deshalb werden wir das hier verwenden und ich werde die Anweisungen geben, während ich filme ...

Dies ist die einzige Aufnahme mit einem Partner, und der werde ich sein.

Wobei ich kaum zu sehen sein werde.

Wie gruselig...!!

Eifersüchtig!!

W...

Warte mal! Das stimmt so nicht!!

Grauenhaft!!

Du hattest vor, als Partner mitzumachen?! Zusammen mit der vor mir eingeplanten Mitschülerin?!

Vorstellung

D... Das Bild passte so nicht! Nicht mit dir und ihm!!

Ursprünglich hatte ich einen Schüler aus Klasse B darum gebeten. Aber ... dann hat die Schauspielerin gewechselt ...

Hä? Nein ...

... dass ich mit jemand anders rummache ...

Hayato ... Wollte er vielleicht nicht ...

Deshalb bleibt mir keine andere Wahl.

K.O.

Irgendwie endete damit die heutige Aufnahme.

Mich ...

... hat der Mut verlassen ...!!

PUH

Hayato ...?

Wenn ...

... von all den anderen sexy Stellen an ihm.

Ganz zu schweigen ...

... seine muskulöse Brust ...

... sein Nacken und sein Schlüsselbein ...

Trotzdem sind da diese Lippen ...

Die Aufnahmen scheinen gut zu laufen!

Sie verzehrt sich nach seinem Fleisch, oder?

An was denkst du denn schon wieder?

Hey!

Unerträglich!

GNN

UWAH

くもーっ!!?

... ich nur daran denke, dass das alles noch völlig unbefleckt ist!!

Auch als Mädchen hat man eben sexuelle Bedürfnisse.

Ich kann es nicht ändern.

Und wenn
der andere die
Person ist, die
man liebt ...

Ob meine
Gefühle ...

... bis zu
Hayato vor-
dringen ...?

DEPRESSIV

Stimmt etwas nicht?

Okay ...

Nein.

Cut!

Alles in Ordnung.

N... Nanu ...?

... Hayato wurde immer angespannter ...

Aber ...

Ach ja?

Es war offensichtlich, dass ihn etwas bedrückte ...

...je weiter die Aufnahmen vorankamen.

Heute ist der letzte Tag der Aufnahmen.

Will ich nicht.

Aber du kannst ...

... auch jetzt noch etwas sagen, wenn du aufhören willst.

Mein Plan, ihm Herzklopfen zu bereiten und ihn zu erobern, ist wohl gescheitert ...

GRIMMIG

Vielleicht ist Hayato mit meiner Arbeit nicht zufrieden.

... für mich war diese Un- gewissheit genauso quälend.

Hayato ...!

... eine extrem körperliche Erfahrung gemacht ...

... die ich sicherlich nicht auf Video aufnehmen wollte.

Magst du es sehen?

Lösch das!!

Oh. Die Aufnahme war immer noch aktiviert.

Verlangen nach Drehschluss - Ende - Veröffentlicht in *Cheese!* Januar 2010

Grußworte

Hallo! Ich danke euch von Herzen, dass ihr meine fünfte Comicveröffentlichung gekauft habt!
Also ... Das Erscheinen meines fünften Sammelbands verdanke ich nur meinen treuen Lesern und den großzügigen Herausgebern. Ich danke euch allen wirklich sehr!!♥
Ich gebe mein Bestes, damit meine Leserinnen und Leser viel Zeitvertreib und Aufheiterung bekommen, und es würde mich freuen, wenn euch das Lesen Spaß macht. Wenn ihr aber euer Geld zurückwollt ... dann tut es mir leid. Das kann ich leider nicht tun. Aber ich werde mich mehr anstrengen.
Ich freue mich auch sehr über Zuschriften mit euren Eindrücken und Gedanken.
Bitte schickt diese hierhin.♥↓

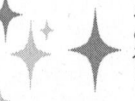

Shougakukan
c/o Ai Hibiki, Cheese!
2-3-1, Hitotsubashi, Chiyoda-ku,
Tokyo-to, 101-8001

Und danke auch an Chikazawa.
Ich mag gerne Computerspiele, habe aber kaum die Zeit dafür. Deshalb lasse ich, während ich das Manuskript erstelle, meine Freunde für mich spielen und schaue dabei zu. Nein, eigentlich schaue ich kaum auf den Bildschirm. Aber da ich selbst so schlecht mit Action klarkomme, dass es zum Heulen ist, scheint es geradezu perfekt zu sein, wenn dies andere für mich machen. Auch jetzt gibt es ein Spiel, das ich mag, aber ich habe keine Hardware dafür (PS3). Ich würde es mir ja gerne kaufen, aber dann müsste ich auch meinen alten Fernseher ersetzen und dann könnte ich mich wohl auch nicht mehr an dessen schönen Bildern erfreuen. Dieser Gedanke hält mich irgendwie zurück.

Dann noch ...
Ich kann in letzter Zeit einfach nicht genug von Schweinefleisch bekommen. 🐷 Wenn ich zurzeit in ein Restaurant für gebratenes Fleisch stürme, esse ich nur gepökelte Schweinerippchen. Je mehr Salz, desto besser. Ob es wohl in Ordnung ist, wenn man sich täglich nur von Fleisch ohne Gemüse ernährt? Obwohl ich mich das frage, kann ich nicht aufhören.
Wenn man die von mir gezeichnete Heldin mit früher vergleicht, scheint sie kümmerlich. Aber vielleicht hat sich mein neuer Lebenswandel auf mich ausgewirkt.♪

Außerdem mag ich auch Spaziergänge. ♪
In der Zeit zwischen dem Aufstehen und meiner Arbeit faulenze ich zwar in der Nachbarschaft, aber ich laufe dabei etwa eine Stunde lang. Ich versuche mich auch an den Eisenstangen im Park. In meiner Kindheit war ich sehr stolz auf mein Können dort und auch jetzt schaffe ich es noch in einer runden Bewegung drumherum! Und dann laufe ich streunenden Katzen hinterher, die ich entdecke. Da ich sonst keinen Sport treibe, möchte ich damit weitermachen. Aber obwohl ich das so sage, schaffe ich es nicht jeden Tag.

●Special Thanks●
An: Meine Familie, Freunde, meine Redakteurin, alle im Redaktionsteam von Cheese!, diejenigen, die bei der Veröffentlichung dieses Buches mitgewirkt haben und an dich!!

BLUSH

Kicher nicht allein so vor dich hin!

Ist ja unheimlich.

Otsu!!

BAH

Du hältst dich wohl für was Besseres, du Knirps!

Und sie fangen wieder damit an.

Die verstehen sich immer gut.

Ich warte nur auf den richtigen Kerl!!

Halt die Klappe!!

G... Gib mir das zurück, Idiot!!

... hat heute Klassendienst?

Wer ...

RATTER

Ich habe meine Gründe.

Ist Zufall.

Warum sitzt du neben mir?!

Du nervst!! Ständig machst du dich über mich lustig!!

Weil du nur dieses Zeug liest ...

... findest du im echten Leben keine Liebe.

43

Das ist ja ...!!

He he ...

Was gibt es zu bereden?

Und nun, Yamaguchi?

Wa...?

Du hast in deinem Tisch ...

... Im fernen Wind versteckt!!

Ich hab das hier entdeckt!!

Wir

Dabei hast du dich so über meine Liebe dafür lustig gemacht ...

W... Was hast du an meinem Tisch zu suchen ...?!

HMPF

BAM

AHA HA HA

Wer würde denn dich ...?!

SMACK!!

Dabei wollte ich ihn abblitzen lassen und so blamieren.

SCHRECK

Mist! Er ist mir entwischt.

TAPP   TAPP

Hä?

Hey b ...!

»In Ordnung« ...? Was?!

Morgen denke ich mir etwas anderes aus ...

Ob ich zu hart zu ihm war?

Das wird es sein.

Bis dann!

Bye-bye!

O...

... mal alle zu, bevor ihr geht!

Otsu ...?!

Hört ...

RUCK

?!

Lass uns gehen!!

Ich habe damit kein Problem!!

Hallo ...!

Das wird eine Hausdurchsuchung!!

Jetzt muss ich eine neue Schwachstelle von ihm finden ...

O... Okay!!

Wir sind also ganz allein ...

Meine Eltern sind verreist. Mach es dir ruhig bequem!

BADUM

Aber dieser Raum ist völlig unverdächtig ...

Alles tadellos.

Hm

Hey ...

54

Was meinst du? Bis zum Special im Fernsehen ist noch etwas Zeit ...

Ich habe Hunger. Wollen wir etwas essen?

Ich bin schon wieder auf ihn reingefallen!!

Wenn er es so haben will ...

Okay! Überlass das mir!

KLAPPER

Es sind genug Zutaten da.

Du kannst also kochen ...

Schatz...!

Mama

D... Das ist lecker, Azusa! Danke.

Papa

KEUCH

KEUCH

Aber ...

Ich habe immer bewundert, wie gut Yuki in Im fernen Wind kochen kann.

Deshalb habe ich mich selbst am Kochen versucht.

... mein Essen war immer gemeingefährlich!!

ZURR

MAMPF

Wow! Das sieht gut aus.

Guten Appetit!

Also!

Guten Appetit!

FHWIP

FHWIP

...heute habe ich das erste Mal etwas Leckeres gekocht ...!

Ja. Ich glaube ...

Eigentlich ...

... gibt es keinen Grund mehr, mich anzustrengen, aber ...

Gleich Langsam. gleich lang ...

Langdick und dick ...

CHOP

Ich habe als Rache an dir **absichtlich** schlecht gekocht!!

Hä?!

Und? Jetzt gibst du auf, oder?

Hey, das ...

SCHLUCK

So ein grauenhafter Geschmack.

... aber selbst wenn es Absicht war, ist das beeindruckend.

Ich dachte mir schon, dass du etwas ausgeheckt hast ...

PUH

MURMEL

...mir
...

...sein
...

Hm?

Was
denn?!

MAMPF

Du ...

Es wird
schon
halbwegs
essbar
sein ...

... nicht
gleich so
gemein zu
mir sein!

Du
musst ...

*Liebe zu oft niedlichen, weiblichen Figuren
in Videospielen, Anime oder Manga

Das ist total albern ...

... mich so zu veräppeln.

Schon am frühen Morgen wirst du angemacht ...

... Sotaro!

Misawa!

DASH

Wie gemein!!

Er hat mir dabei nicht einmal in die Augen geschaut!!

FHWIP

Was machst du denn da?

Glaube nicht, dass sie dich veräppeln wollte.

BAM

... die mir ernsthaft ihre Liebe gestehen.

Außer dir gibt es nur zweidimensionale Charaktere ...

Mein Freund, Sotaro Takahashi ...

möchte mir dir zusammen nach

stimmt nämlich nicht, weißt du?

BLUSH

S...

Sei still!!

»Reale Mädchen« machen dir Angst, oder? Nur deshalb konntest du ihr nicht in die Augen schauen. ♡

Aber er sieht gut aus.

... ist ein Otaku.

Langer Pony, um den Blicken anderer ausweichen zu können

Du hältst aber ziemlich wenig von dir!

Ich mochte dich schließlich von Anfang an, oder?

MURMEL

MURMEL

MURMEL

MURMEL

MURMEL

Für Frauen sind wir Otakus doch abstoßend ...

Ich weiß einfach nie, ob ich es nur nicht bemerke, dass sie mich verarschen ...

Das T-Shirt eines Anime

Ja.

Lass uns gehen!

J...Ja. Du bist ja auch exzentrisch!

Die Handschuhe hält er für cool.

Seine Accessoires sind auch von Anime und Videospielen!

... hat er vor einer Woche nachgegeben.

Nachdem ich ihn zwei Jahre lang genervt habe ...

Deshalb ...

RATSCH

Theaterversion
Laguna Force

Sotaro Takahashi

RATSCH

Oh!

Mist ...
Hm?

Takahashi

Er schämt sich. Wie süß!!

Die Blu-ray-Edition der Theaterversion von *Laguna Force!!*

Endlich ist es da!!

Da ist sie!! Eine seltene Karte von Mio!!

MIO

Als Special ist in der Erstauflage eine Sammelkarte dabei ...

BADUM
BADUM

FHWUP

Du musst es doch nicht sofort hier öffnen ...

DASH

Lass uns morgen wieder was unternehmen!

Ich habe wirklich noch etwas vor!

J...Ja ...

Hä? Bist du sauer?

Ach ... Stimmt ja! Ich hab noch etwas vor.

Heute gehe ich besser heim.

Und ... also ...

FHWUP
FHWUP

Es hat keinen Zweck. Meine Schuld, wenn ich ihn bei seinem Hobby störe.

Nur zu zweit wäre für mich eine harte Prüfung geworden ...

Das war knapp ...

POFF

Nun ja, da war auch ein Audiokommentar dabei ...

Wie lange denn?!

Tut mir leid!! Ich hab eine DVD geschaut ...

Aber er ...

... antwortet nicht mal auf meine Mail!!

Kannst du keine Nachricht schreiben, während du schaust?

TÜDELÜ
♪♬
Sotaro

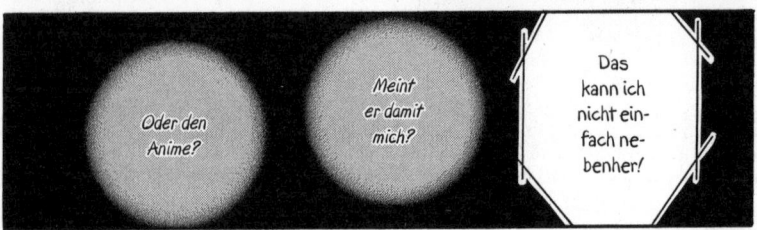

Oder den Anime?

Meint er damit mich?

Das kann ich nicht einfach nebenher!

Dein Freund lebt in seiner eigenen Welt, oder?

Äh ... ja.

Wegen meiner Beziehung zu Sotaro ...

Was hast du? Liebeskummer?

Ganz genau.

In der Welt der Otakus.

HAH

Von meinen Freunden lasse ich mich oft begeistern.

Wow, das ist ein schönes Lied. Wer singt das?

Das heitert einen auf, oder?

Es ist von einer beliebten Indie-Band ...

Wenn ich niedergeschlagen bin ...

... hilft mir das hier! Hör mal!

Wenn ich das auch bei seinem Hobby könnte ...

Ach, solange wir an meinem Geburtstag am nächsten Tag zusammen sind ...

Ja, tut mir leid.

Deshalb ist der Samstag eher schlecht ...

Eine Convention für Dojinshi*?!

Brillen

TÜDELÜ

Oh. Mein Handy.

Entschuldige kurz!

Verstehe ...

BAR

*Von Fans gezeichnete Comicgeschichten zu Manga, Anime, etc.

Danke fürs Warten.

Oooh?!

Ein Cosplay?!

Du bist jemand, dem ich mein wahres Ich zeigen kann ...

... und gerade deshalb finde ich es auch gut, dass wir zusammen sind ...

Des-halb ...

Ja ...

...?

?

Warte bitte kurz!

Zehn Minuten später ...

?

Ich bin schließlich **seine Freundin.**

WINK
WINK

Wegen der paar Fotos muss ich nicht eifersüchtig sein.

Das ist okay.

N... Nun ja, er ist schon ziemlich toll ... oder?

Kyah!

Kyah!

Das ist typisch für dich!!

Aber es ist das Design des ursprünglichen Werks!

Äh, ja ...

Weicht subtil den Blicken aus. ←

Das da! Das ist vom Wiedersehen mit Atsushi, nachdem er erweckt wurde, nicht wahr?

KYAAH

MURMEL

Nicht wahr?!

Aber der letzte Teil ist über das ursprüngliche Werk hinausgegangen.

HI
HI
HI

Oh! Takahashi-shi*!

Ich verstehe das nicht!!

Sotaro kann diese Mädchen richtig begeistern?!

Das detaillierte Ende des Anime war nett.

Ich kann deine Ablehnung gut verstehen, Sotaro-sama!

*Neutrale, höfliche Anrede

Der neue ... Der hat mich wirklich berührt!

Ich habe schon so viel! Nachher werde ich mit Ko-ko ...

Ich habe momentan kein Geld und kaufe daher nichts.

Welche Beute hast du gemacht?

So viele Bilder.

Schick mir alle deine Dateien, ja? ♡

Du bist ja heute wieder beliebt.

Dieser Blickwinkel! ♥

Du bist wirklich wieder gut informiert! Wir warten schon auf weitere Details!!

Übrigens, wurde das Spiel für die PS nicht auf die PSP übertragen?

Die Klubzahlen von *Laguna Force* haben stark zugenommen! Ha ha! Nach der Theaterversion ist es wieder geboomt!

Auf die DLC's* bin ich auch gespannt.

*Ein DLC (downloadable content) ist getrennt von einem Spiel veröffentlichtes Zusatzmaterial.

Ja?!

Ver-
stehe.

Aber
komm mor-
gen ... bitte
für deinen
Geburtstag
zu mir nach
Hause!

Ich
bin wirk-
lich ...

... ein-
fach nur
müde ...

Ich
bin das
Letzte ...

Ich
bereite
Sotaro
Kummer.

...

IIIEK

Ich lasse mein Hobby als Otaku hinter mir und bin nackt.

Du bestimmst mein neues Hobby.

Hä?!

Ich kann alles werden, was du dir wünschst.

Darum werde ich mich bemühen.

BUWAH
ぶわっ

D...

Danke ...

Vielen Dank,
Sotaro!

Hä?! Findest du das so schreck-lich, dass du weinen musst?!

Nein, nein!!

Ich bin überglück-lich ...

SCHWUPP

Hm?

Ja.

Sag mal ...

Meinst du das ernst, dass ich ein Otaku bleiben darf?

Dann machen wir beim nächsten Event gemeinsam Cosplay!

HE HE

Du bist die Heldin Yuri! Ihr Markenzeichen sind gewagte Outfits ...

Was?

Ein Otaku von Sotaro.

HA HA

Ver- schon mich damit!!

V...

Das war ein Witz.

Aber eigentlich bin auch ich ein Otaku.

Dumm- kopf!

ちゅ KISS ♡

Danke! ♡

...!

お OOOH

Aber auch so kindisch!

Du bist schon bald einen Monat mit Jun zusammen, oder?

Er ist so süß naiv! ♡

Dann sehen wir uns am Treffpunkt!

Okay.

Mann! Los, geh schon mal vor!

Ich hab noch etwas zu erledigen!

Renas innere Stimme

Total peinlich!!..!

Oh Mann!!

Wie kann er mich nur plötzlich küssen?!

Das stimmt.

Nun, dafür bist du ziemlich cool.

Oh!

Jun!

Hier bin ich.

Obwohl ich im Grunde meines Herzens so empfinde ...

... bin ich zu eitel und mach automatisch auf cool.

2-14
Valentine Special Event

Bahnhofsvorplatz, Südausgang ab 18 Uhr

Schau mal, Rena!

Vor dem Bahnhof findet am 14. ein Event statt.

Das klingt gut. Wollen wir hingehen?

Hot

Der Valentinstag, hm?
Was für Schokolade möchtest du eigentlich?
Hm ...
KLAPPER
Es gibt etwas, das ich noch mehr möchte als Schokolade.
Hm? Was denn?
Rena! ♡
Mich?!
M... Meinst du ...

In ein paar Tagen muss ich bereit sein!!

ZHOOSH

Oh!

Rena!

DRÜCK

PUH!

Der Sport war echt anstrengend ...

Du bist ja gut drauf, Jun!

SPLASH

シャアァァ!!

Kyaaah!!

Was hast du denn, Rena?

Oh!!

Tut mir leid!!

KRUIK

Ah ...

Jetzt bin ich patschnass.

DROP

BADUMM

Ach ...

... ist nicht so schlimm!

Tut mir wirklich leid! Ich hab mich erschrocken ...

Das setzt mir viel zu sehr zu!!

120

Wenn das so ist ...

ワ″イ

PACK

... kannst du mich ja wärmen.

O... Obwohl uns alle schon anstarren, macht dieser Kerl so etwas ...!!

Schön warm ...! ♡

ERSTARR

ぴたっ

!!!?

RUMMS

Ugh?!

Ich kann nicht mehr!!

Hah...

A... Aber...

Das ist zu nah!! Tut mir leid!!

WHACK

Hah...

... seine nackte Haut ist so heiß!!

Rena! ♪

Ich bin auf überhaupt nichts vorbereitet!!

BADUM

...beginnt mein Herz zu rasen.

Lass mich hier kurz liegen!

Mir ist kalt!

BADUM

Bei Jun...

Leih mir etwas Schal!

N... Nun ja...

Du hast Glück und kannst jemandem Schokolade geben!

ZUCK STARR

Heute ist Valentinstag.

Trotzdem ist es heute so weit!!

122

Mach dich nicht so leichtfertig darüber lustig!

Ich mache mir Gedanken, weil ich es noch gar nicht tun will...

T... Tut mir leid! So meine ich das nicht!!

HUCH

Rena...

Er ist sauer, oder? Gerade jetzt sage ich so etwas!!

Egal was ich tue, ich bin damit überfordert!

Es ist nicht so, dass ich es nicht tun möchte. Aber ich bekomme so schreckliches Herzklopfen, als müsste ich sterben.

Es tut mir leid!

Hm?

Ich ...

... habe wohl nur an meine eigenen Gefühle gedacht.

Dabei weiß ich doch, dass du noch nicht so weit bist ...

Uwah!!

Das sieht aus wie aus einem Laden!! Sind die wirklich handgemacht?!

... deshalb berühr sie nicht!

Es ist noch keine Verpackung drum ...

Du bist echt unglaublich, Schwesterchen!

Die sind doch völlig normal.

Du gehst sicherlich zu einem Event, oder?

Deine Klamotten sind auch so cool!

Aber ...

... bin froh, dass Jun mein Freund ist!!

Deshalb lass uns heute dieses Versprechen vergessen ...

... und uns auf ein entspanntes Date freuen!

Ja ... Danke!

RUBBEL
Okay. Jetzt ist es weg.
LÄCHEL
Wie schön, dass ich mich auch mal um dich kümmern kann!
Hm? Wieso ...?
Rena? Machst du dir womöglich wieder zu viele Gedanken?
BADUM
Hä?! Nein?!
Warum hat er es nicht weggeleckt?
Das kann ich nicht sagen!!
Entschuldige! Dabei hatte ich gesagt, dass ich aufhören würde, dir Herzklopfen zu bereiten ...
Hm?
BLUSH
Das wirkt ja, als hätte ich es so gewollt!!

Er hat für mich ...

Ah, verstehe.

»Ich werde dich nicht länger belasten.«

Ach so ...

Ich sollte Spaß haben!

Wir wollten doch ein entspanntes Date haben.

Was?!

Warum beruhigt mich das kein Stück?!

Sollte ich nicht froh sein, dass Jun so aufrichtig ist?!

Ich möchte dich heute nicht weiter stressen!

Ehrlich!

Danke!

I... Ist schon okay.

Die Beleuchtungen haben sie ja noch sehr lange hängengelassen, oder?

AHA HA

Hä?

Meine Hand ... ist kalt.

Dann ...

MURMEL

Oh! ♡

PACK

Das bringt dich nicht zu sehr aus der Fassung, oder?

Ähm ... Du machst dir zu viele Sorgen.

す ぽ POFF

BADUM

Was?
Wie nied-
lich!

Weil
du ...

... nun weißt,
dass ich extra für
unser Date cool
sein wollte und
neue Kleidung
gekauft habe.

Was
redest du
denn da?

Was
soll's! Ich
sollte dir auch
meine uncoo-
len Seiten
zeigen.

Mein
Herz ist
doch schon
längst ...

Lass
uns ge-
hen!

Sonst
bereite ich
dir nur wieder
zu viel Herz-
klopfen!

HE HE

Hä?

Wow!

Dein Zimmer ist viel ordentlicher, als ich dachte!!

Oh! Ich habe dir deine Schokolade noch gar nicht gegeben!

Ich hole sie eben ...

Rena!

Du bist echt ein schlechter Verlierer.
E... Es ist nur ... Mir ist es doch peinlich ...
Ach ja?
Sollen wir aufhören?
Auf keinen Fall!!
BANG

Verlangen nach Drehschluss

Am Ende wurde es ja doch leidenschaftlich!! Dabei hatte ich mir einen so stoischen Charakter ausgedacht. Es hat Spaß gemacht, einen Typ wie Hayato zu zeichnen. Bei ihm weiß man gar nicht, ob er S oder M ist. Aki sagt zwar, dass er ein »Moralapostel« sei, aber im Prinzip ist er einfach nur grummelig (lacht). Er kann nach Schulschluss oder nachts in der Schule Aufnahmen machen, weil er brav die Genehmigung der Schule eingeholt hat. Da auch die Lehrer wissen, wie talentiert er ist, konnte er locker ihre Zustimmung bekommen, aber sie wissen nicht, was genau er da filmt. Was wohl passiert, wenn sie den fertigen Film sehen ...?

Spiel nicht mit mir!

Ich wollte eine Geschichte zeichnen, bei der ein Mädchen einen Jungen bedrohen will und dann am Ende selbst hereinfällt. In dieser Geschichte bereitet Azusa, die miserabel kocht, ein mörderisches Essen zu. Ich dachte die ganze Zeit, dass das zum Scheitern verurteilt ist, selbst wenn man nicht schlecht kocht, einfach weil man keinerlei Ahnung von den Gegebenheiten in den Küchen anderer Leute hat. ♪ Auch ich habe bisher noch nie erfolgreich bei anderen Leuten Essen zubereitet. Es ist zwar ein Klischee, aber ich verwechsle tatsächlich Salz und Zucker ... Nun, immerhin war ich da noch nie besonders eitel.♂

Otaku-Liebe

Weil ich selbst ein Otaku bin, ist das ein Charakter, den ich einfach einmal zeichnen wollte. Deshalb ging es mir ganz leicht von der Hand (lacht). Nicht alle Otakus sind genauso. Beim Charaktersetting ist »dieser Kerl« genau solch ein Otaku. Er hat wenig Selbstwertgefühl und ist schüchtern. Trotzdem hat er mit seiner arroganten Art auch eine negative Seite. Während ich ihn gezeichnet habe, wollte ich, dass man dies sieht und ihn dadurch niedlich findet.

Du bist zum Anbeißen!

Ich selbst mag ja lieber jüngere als ältere männliche Hauptfiguren, aber ich habe absichtlich bisher nur zwei-, dreimal eine jüngere männliche Hauptfigur gezeichnet ... Deshalb war es diesmal vielleicht wenigstens ein bisschen erfrischend? Außer der Geschichte, die ich für das Magazin Mobafura gezeichnet habe, ist dies mit 47 Seiten meine bisher längste Geschichte! Aus diesem Grund hatte ich viel Stress bei der Entwicklung der zweiten Hälfte. Aber auch das war ein guter Lernprozess für mich. Nur habe ich irgendwie das Gefühl, dass die Atmosphäre der Geschichte eher an Weihnachten als an den Valentinstag erinnert. Der Valentinstag bedeutet natürlich Schokolade. Ich liebe weiße Schokolade. Aber im Grunde ist es auch egal.

Bittersüße★Schokostimmung

Was soll ich sagen ...? Diese Geschichte ist vor vier Jahren entstanden. Da es also vier Jahre her ist, kann ich mich an gar nichts mehr aus der Zeit der Entstehung erinnern und kann euch gar nichts erzählen (lacht). Ich weiß nur noch, dass mir das Zeichnen dieser Geschichte Spaß gemacht hat. ○♂

Behind the Scenes

Und was bedeutet das?!

SCHWANK

Mein Kuchen ... Das war keine Sahnecreme, sondern weiße Schokolade ...

Wa... Was hast du?

!!

STARR

HAH

Da... ichi ...

Ich ...

BADUM

Daichi Seno (12)

DASH

Daichi!

Ich geh nach Hause!

Was zum Teufel?!

... mischt sich die so bittere, bittere Erinnerung.

Daichi ...

Mit dem süßen, süßen Geschmack der Schokolade ...

Und ...

...seitdem sind sechs Jahre vergangen...

Hey!

Daichi!

Iss vor meinen Augen keine Schokolade!

Ach, stimmt ja.

Du weißt doch, dass ich die nicht essen kann.

Red ja nicht weiter!!

BLUSH

Die Schokolade macht dich gleich so schwach.

Das ist seit unserer Kindheit schon so oft passiert.

Verlier deine Handschuhe nicht, du Frostbeule!

D... Dank...

Hä?!

TAPP TAPP TAPP

Du tust ja gerade so, als wärst du mein großer Bruder!

Halt die Klappe!

Du bist kein Stück erwachsen geworden.

Du bist wirklich noch ein Kind...

Dein großer Bruder...

Ach ja?

Bitte werde meine Freundin!

Rio Tonago!

Ist das ...
ein Liebesge-
ständnis?!

Das kommt wohl zu plötzlich. Oder doch?

Willst du nicht mit mir zusammen sein?

Ich bin Tonari aus der Klasse B.

Ich bin in dich verliebt.

Hm?! W... Wer bist du ...?

Oh ...

Denk mal da-rüber nach!

Bis dann!

Nun ...

DASH

Da wird Daichi aber staunen!

Daichi behandelt mich zwar wie ein Kind, aber es gibt scheinbar durchaus Typen, die mich als Frau wahrnehmen.

Das ist das erste Mal, dass mir jemand seine Liebe gesteht.

KLIPP UND KLAR

Hmm. Das solltest du besser lassen.

MAMPF

Kennst du den Typ überhaupt?

Außerdem ...

W... Warum?!

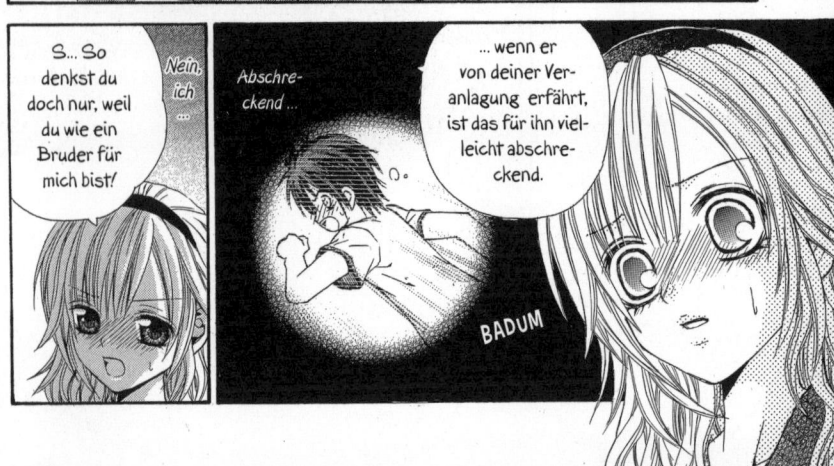

S... So denkst du doch nur, weil du wie ein Bruder für mich bist!

Nein, ich ...

Abschreckend ...

... wenn er von deiner Veranlagung erfährt, ist das für ihn vielleicht abschreckend.

BADUM

... nur ein Bruder zu sein.

Aber ich habe nicht die Absicht, für immer ...

Hm?!

Ich glaube, ich habe geträumt ... Einen süßen, aufregenden Traum ...

SCHWANK

WUPP

Wo ist Daichi?

Nanu? Habe ich geschlafen?

Hm ...

Hat das Daichi geschrieben?

Was ist das?

afür dich ...

Für dich

RITSCH

Oh ...

Oh!

Nicht ...

Und dann ...

BLUSH

Aaargh!!

Mehr ...

Oh ...

Aber ... Hmm ... Ist Daichi doch zu mir nach Hause gekommen?!

Und dann?

Und warum nur hat Daichi mir diese Schokolade ...?

Wie peinlich!!

HII!

Aaaah! Was habe ich nur getan?!

Guten Morgen, Rio!

TCHIRP TCHIRP

バターン!

WHAM

Rio!

Hn ...

BADUM BADUM

W... W... Was ist das?! Ich kann Daichi nicht ins Gesicht sehen!!

PAT

HE
HE

Gern
geschehen.

Aah ...

BLUSH

Was
mach ich
denn nur?!

DASH

I... Ich
muss mich
beeilen, weil
ich Klassen-
dienst habe!

Rio?!

Diese Berüh-
rung zwischen
uns ist doch
völlig normal ...

Danke!

Bitte schön! ♡

Das wärmt dich auf.

Wir sind gerade fertig.

Rio-chan*! Hast du in der ersten Stunde Sport?

Ja. Hattest du heute Morgen schon Training?

*Verniedlichende Anrede

Also liegt es doch an dem Schokoladenkuss, dass mich Daichi beunruhigt.

Siehst du. Mit Tonari kannst du normal sprechen.

Ach so?

Wir haben bald einen Wettkampf. Deshalb ist das Training super streng.

»Einen süßen, aufregenden Traum ...«

Im Gegenteil. In dem Moment ...

Ich ... bin ihm nicht böse.

»Du bist sauer wegen gestern, oder?«

Aber ...

Nanu? Was ist denn jetzt?

Hm?!

BADUM BADUM

Wieso ...?

174

BADUM

Mist ...!!

Ja, ist es ...

Stimmt was nicht?

Ist das ... Kakao?!

BADUM

BADUM

Mein innerer Drang bricht gleich heraus ...

Rio?!

HAH

Deshalb muss ich gehen.

DASH

Tut mir leid!

Äh ...

Hää?!

Ich will es tun ...

Tonari-kun* ...

BADUM

Hä?!

RATTER

Ich muss gehen.

Lagerraum

Ich muss zu Daichi ...!

Daichi ...!

POLY BAGS

HAH

Nanu ...?

I... Ich habe Kakao ... getrunken ... und jetzt ...

... ha... habe ich solches Verlangen ...

HAH

Ein Glück ... Du bist tatsächlich hier ...

Rio?!

... ist es immer noch besser, als wenn du uns als Geschwister siehst!

Mehr als mich ...

Du bist kein schlechter Kerl ...

... verletzt du doch dich selbst dabei ...

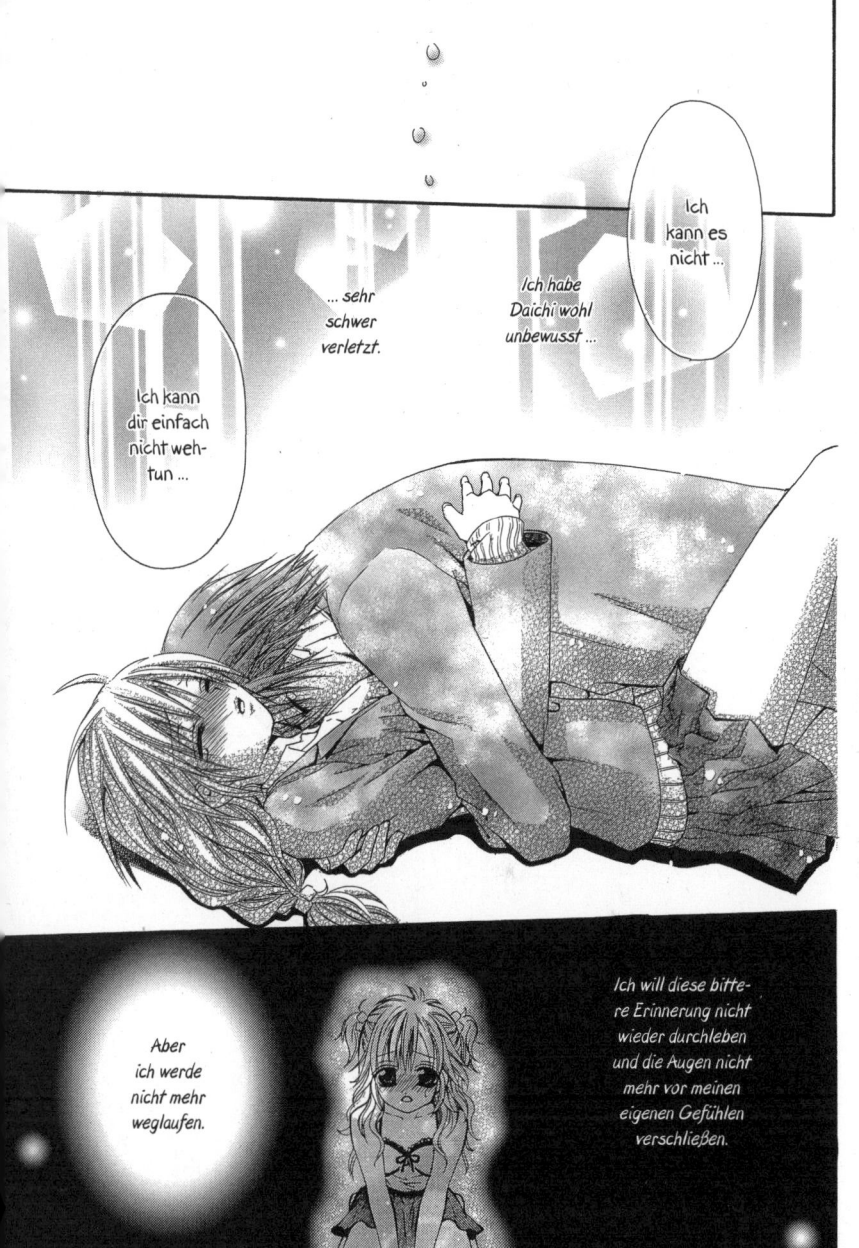

Ich kann es nicht ...

Ich habe Daichi wohl unbewusst ...

... sehr schwer verletzt.

Ich kann dir einfach nicht weh- tun ...

Aber ich werde nicht mehr weglaufen.

Ich will diese bitte- re Erinnerung nicht wieder durchleben und die Augen nicht mehr vor meinen eigenen Gefühlen verschließen.

DING DONG

Ähm ... Ich wollte mit dir reden ...

Gut, dass du wieder zu Hause bist ...

Rio ...

Ja ...

Komm rein!

Tut mir leid wegen heute Morgen.

Also ... Ich ...

Ich habe deine Gefühle ignoriert ...

... und dir meine an den Kopf geworfen ...

... wie
Schokolade
...

Ich
schmelze.

Ich schmelze
dahin.

Ich will
mit ihm ver-
schmelzen...!

PROFIL

Geburstag: 25. August
Sternzeichen: Jungfrau
Blutgruppe: 0
Stammt aus der Präfektur Osaka.
Hobbys: Alle Arten von Handarbeiten,
Retro-Merchandise sammeln.
Debüt: *Ren'ai No Amikata* im *Cheese!* Magazin.
Im Moment bei *Mobafura* aktiv. ♡

MESSAGE

*Ich sage ständig, dass ich gemeine,
eingebildete Männer mag, aber aus
irgendeinem Grund sind alle Helden,
die ich in meinen Manga zeichne,
nicht dieser Typ Mann. Dieses Mal
ist das besonders auffällig ("lach").
Scheinbar mag mein Unterbewusst-
sein sanfte Typen.*

Sexy Short Stories

TOKYOPOP GmbH
Hamburg

TOKYOPOP
1. Auflage, 2020
Deutsche Ausgabe/German Edition
© TOKYOPOP GmbH, Hamburg 2020
Aus dem Japanischen von Katharina Schmölders

SATSUEI CHU, YOKUJO KINSHI. by Ai HIBIKI
©2011 Ai HIBIKI
All rights reserved.
Original Japanese edition published by SHOGAKUKAN.
German translation rights arranged with SHOGAKUKAN
through The Kashima Agency.

Redaktion: Anna Shoe
Lettering: Vibrant Publishing Studio
Herstellung: Mathias Neumeyer
Druck und buchbinderische Verarbeitung:
CPI–Clausen & Bosse GmbH, Leck
Printed in Germany

Wir achten auf die Umwelt.
Dieses Produkt besteht aus FSC®-zertifizierten
und anderen kontrollierten Materialien.

ISBN 978-3-8420-6074-6

Sexy Short Stories

STOPP!

**Dies ist die letzte Seite des Buches!
Du willst dir doch nicht den Spaß verderben
und das Ende zuerst lesen, oder?**

Um die Geschichte unverfälscht und original-
getreu mitverfolgen zu können, musst du es
wie die Japaner machen und von rechts nach
links lesen. Deshalb schnell das Buch um-
drehen und loslegen!

So geht's:

Wenn dies das erste Mal sein
sollte, dass du einen Manga
in den Händen hältst, kann dir
die Grafik helfen, dich zurecht-
zufinden: Fang einfach oben
rechts an zu lesen und arbeite
dich nach unten links vor.
Viel Spaß dabei wünscht dir
TOKYOPOP®!